VENTE

Du Jeudi 24 Novembre 1910

HOTEL DROUOT, SALLE N° 8

à deux heures et demie

❧

Aquarelles, Dessins

TABLEAUX

COMPOSANT LA

Collection de feu Monsieur Lecocq-Dumesnil

COMMISSAIRE-PRISEUR

M° GEORGES RIDEL

EXPERT

M. JULES FÉRAL

CATALOGUE

DES

Aquarelles, Dessins

PAR

ANASTASI, BARON, BERCHÈRE, BIDA, BOILLY, BRISSOT, DAUMIER,
FROMENTIN, HARPIGNIES, CHARLES JACQUE, JONGKIND, E. LAMBERT, LELOIR,
MADAME MADELEINE LEMAIRE, ORTMANS, J. OUVRIÉ,
O. DE PENNE, HENRI PILLE, TH. ROUSSEAU, RAFFET, SAUNIER, TESSON,
VEYRASSAT, VIBERT, WORMS, ETC., ETC.

TABLEAUX

COMPOSANT LA

COLLECTION DE FEU MONSIEUR LECOCQ-DUMESNIL

Et dont la Vente après décès aura lieu à Paris

HOTEL DROUOT, SALLE Nº 8

LE JEUDI 24 NOVEMBRE 1910

A deux heures et demie

COMMISSAIRE-PRISEUR	EXPERT
Mᵉ GEORGES RIDEL	**M. JULES FÉRAL**
6, rue de Thann	7, rue Saint-Georges

EXPOSITION PUBLIQUE

Le Mercredi 23 Novembre 1910, de 2 heures à 6 heures

CONDITIONS DE LA VENTE

Elle sera faite au comptant.

Les adjudicataires paieront *dix pour cent* en sus des enchères.

Paris. — Imp. de l'Art, CH. BERGER, 41, rue de la Victoire

DÉSIGNATION

AQUARELLES ET DESSINS

ANASTASI (Auguste)

1 — *Terrasse d'une villa romaine.*

Aquarelle signée à gauche.

Haut., 18 cent.; larg., 28 cent.

ARAUJO

2 — *Le Marchand d'oranges.*

Aquarelle signée à gauche.

Haut., 35 cent.; larg., 25 cent.

ARAUJO

3 — *Un Joueur de guitare.*

Aquarelle signée à gauche.

Haut., 35 cent.; larg., 25 cent.

BARON (Henri)

4 — *La Visite à l'atelier.*

Des personnages en costumes Louis XIV regardent un tableau posé sur un chevalet dans l'atelier d'un artiste que l'on remarque à gauche et vers le fond, tenant une palette à la main.

Aquarelle signée à gauche.

Haut., 17 cent.; larg., 24 cent

BAUMES

5 — *Le Grand-Père.*

> Dessin à la sépia.
> Signé à gauche.

> Haut., 18 cent.; larg., 14 cent.

BERCHÈRE (Narcisse)

6 — *Un Port d'Orient.*

> Aquarelle signée à droite.

> Haut., 28 cent.; larg., 20 cent.

BIDA (Alexandre)

7 — *Soldats turcs.*

> Dessin au lavis d'encre de Chine.
> Signé à droite.

> Haut., 30 cent.; larg., 22 cent.

BOILLY (Louis-Léopold)

8 — *Portrait d'Enfant.*

> Un petit garçon est assis dans un fauteuil de bureau, les jambes repliées sous lui-même, tête nue, les cheveux légèrement bouclés, sa chemise à large col ouverte sur la poitrine, regardant le spectateur.
> Dessin au crayon noir et à l'estompe rehaussé de blanc.

> Haut., 33 cent.; larg., 25 cent.

BONINGTON (Attribué à Richard-Parkes)

9 — *Le Retour des pêcheurs.*

> Aquarelle.

> Haut., 17 cent.; larg., 29 cent.

BRISSOT (Félix)

10 — *Troupeau de moutons sous la garde d'un berger.*

Aquarelle signée à droite.

Haut., 24 cent.; larg., 38 cent.

COURTEN (De)

11 — *La Marchande de fleurs.*

Aquarelle signée à droite.

Haut., 35 cent.; larg., 25 cent.

DAUMIER (Honoré)

12 — *L'Amateur d'estampes.*

Un homme âgé est assis devant une table couverte d'un tapis vert, les bras croisés, regardant des estampes avec un sourire satisfait.

A droite, un homme blond, les cheveux longs, tient un carton contenant les pièces qu'il présente à l'amateur.

Des tableaux sont accrochés sur le mur du fond, contre lequel on remarque aussi un buste posé sur une colonne.

Dessin à la plume et au lavis d'encre de Chine rehaussé d'aquarelle.

Signé à gauche.

Haut., 18 cent.; larg., 24 cent.

FRANCÈS

13 — *La Déclaration.*

Aquarelle signée à gauche.

Haut., 35 cent.; larg., 25 cent.

FROMENTIN (Eugène)

14 — *Le Coup de l'étrier.*

Un guerrier kabyle, monté sur un cheval blanc, boit dans un bol qu'il tient de ses deux mains. Près de lui, un autre Arabe, une femme en bleu et un enfant vêtu de rouge.

Aquarelle signée à gauche.

Haut., 33 cent.; larg., 25 cent.

GASSIES (Georges)

15 — *Route à l'entrée d'un village.*

Aquarelle signée à gauche.

Haut., 26 cent.; larg., 37 cent.

GASSIES (Georges)

16 — *Le Verger.*

Aquarelle signée à gauche.

Haut., 24 cent.; larg., 35 cent.

HARPIGNIES (Henri)

17 — *Paysage du Nivernais.*

Une rivière coule limpide à travers une prairie plantée de grands arbres.

Au centre, trois personnages traversent un pont de pierre à une seule arche.

Aquarelle signée à gauche et datée : *1879.*

Haut., 25 cent.; larg., 35 cent.

HARPIGNIES (Henri)

18 — *Le Bouquet d'arbres.*

Il s'élève dans une clairière couverte de broussailles et de roches au bord d'un cours d'eau qui coule au premier plan.

Aquarelle signée en haut et à gauche, datée : *1871.*

Haut., 17 cent.; larg., 25 cent.

JACQUE (Charles)

19 — *Le Départ du troupeau.*

> Un berger en blouse bleue, chapeau de feutre noir,
> est appuyé sur son bâton à la porte d'une bergerie ;
> des moutons précédés d'un agneau sortent en troupeau.
> A gauche, un chien debout.
> Dessin rehaussé d'aquarelle et de gouache.
> Signé à droite.
>
> Haut., 44 cent.; larg., 37 cent.

JONGKIND (Jean-Berthold)

20 — *Un Canal en Belgique.*

> Des chalands suivent un canal à travers une ville
> dont les constructions s'élèvent à droite au bord d'un
> quai.
> A gauche et vers le fond, de grands arbres sous le
> ciel nuageux.
> Aquarelle signée à droite, datée : *Bruxelles, 30 août
> 1866*, et dédiée *à son ami Brame.*
>
> Haut., 24 cent.; larg., 37 cent.

LABORNE (Émile)

21 — *Vue de Bordeaux.*

> Aquarelle signée à gauche et datée : *1870.*
>
> Haut., 19 cent.; larg., 28 cent.

LAMBERT (Eugène)

22 — *La Soupe des chats.*

> Aquarelle signée à gauche
>
> Haut., 23 cent.; larg., 31 cent.

LELOIR (Louis)

23 — *La Sieste.*

> Aquarelle signée à gauche et datée : *76.*
>
> Haut., 25 cent.; larg., 34 cent.

LELOIR (Louis)

24 — *Retour au foyer.*

> Dessin à la plume et au lavis d'encre de Chine.
> Signé à droite et daté : *1873.*
>
> Haut., 24 cent.; larg., 20 cent.

LEMAIRE (Madame MADELEINE)

25 — *Le Panier de prunes.*

> Aquarelle signée à droite.
>
> Haut., 39 cent.; larg., 54 cent.

LEMAIRE (Madame MADELEINE)

26 — *Jeune Femme en robe chinoise.*

> Aquarelle signée en haut et à droite.
>
> Haut., 35 cent.; larg., 24 cent.

MARQUEZ

27 — *Un Reître.*

> Aquarelle signée à droite et datée : *Roma, 1893.*
>
> Haut., 35 cent.; larg., 25 cent.

MÉGIA

28 — *Une Espagnole à la fontaine.*

> Aquarelle signée à droite et datée : *1876.*
>
> Haut., 30 cent.; larg., 22 cent.

ORTMANS (Auguste)

29 — *Vue de Village*.

Aquarelle signée à droite.

Haut., 16 cent.; larg., 24 cent.

OUVRIÉ (Justin)

30 — *Vue de Hollande*.

Aquarelle signée à gauche et datée : *1871*.

Haut., 13 cent.; larg., 18 cent.

PENNE (Olivier de)

31 — *Un Relai de chiens*.

Des chiens de meute sont attachés au carrefour d'une forêt devant un brasero.

Dans le fond, un piqueur accoudé contre un poteau indicateur de route cause avec un garde. Le sol est couvert de neige.

Aquarelle signée à gauche.

Haut., 30 cent.; larg., 45 cent.

PENNE (Olivier de)

32 — *Campement arabe*.

Devant une tente dressée dans une oasis, un Arabe enveloppé d'un burnous est assis à gauche, fumant une longue pipe et regardant ses chiens au repos près de lui.

Aquarelle signée à droite.

Haut., 30 cent.; larg., 46 cent.

PENNE (Olivier de)

33 — *Les Amis.*

Trois chiens se reposent devant la porte d'une écurie :
un lévrier, un bouledogue et un épagneul. Ce dernier
lève la tête pour flairer le nez d'un cheval blanc qui a
passé l'encolure au-dessus d'une porte basse.

Aquarelle signée à droite.

Haut., 42 cent.; larg., 28 cent.

PEREQ (A.)

34 — *La Leçon de musique.*

Aquarelle signée à gauche et datée : *1876.*

Haut., 35 cent.; larg., 27 cent.

PILLE (Henri)

35 — *A la fontaine.*

Dessin à la plume.
Signé à gauche.

Haut., 34 cent.; larg., 23 cent.

ROUSSEAU (Théodore)

36 — *Rochers dans la forêt de Fontainebleau.*

Dessin à la plume.
A gauche le cachet.

Haut., 13 cent.; larg., 20 cent.

RAFFET

37 — *Un Espagnol assis.*

Aquarelle.
A gauche, le cachet de *San Donato.*

Haut., 32 cent.; larg., 22 cent.

RAFFET

38 — *Figures d'Orientaux.*

> Aquarelle.
> A gauche, le cachet de *San Donato.*
>
> Haut., 23 cent.; larg., 32 cent.

SAUNIER (Octave)

39 — *Le Chemin du village. Effet de soleil couchant.*

> Aquarelle signée à droite.
>
> Haut., 23 cent.; larg., 32 cent.

TRAYER (Jules)

40 — *Femmes de Bretagne.*

> Aquarelle signée à droite.
>
> Haut., 30 cent.; larg., 24 cent.

TESSON (Louis)

41 — *Turcs à l'entrée d'une piscine.*

> Aquarelle signée à droite.
>
> Haut., 21 cent.; larg., 31 cent.

TESSON (Louis)

42 — *Un Village arabe.*

> Aquarelle signée à gauche.
>
> Haut., 23 cent.; larg., 34 cent.

VEYRASSAT (JULES-JACQUES)

43 — *Chevaux de trait.*

> Devant le mur ensoleillé d'une écurie, un cheval blanc et un cheval bai sont arrêtés près d'une auge.
> Des poules picorent.
> Aquarelle signée à droite.

> Haut., 27 cent.; larg., 39 cent.

VIBERT (JEHAN-GEORGES)

44 — *La Soupe.*

> Dessin à la plume et à l'encre de Chine.
> Signé à droite.

> Haut., 31 cent.; larg., 20 cent.

VIBERT (JEHAN-GEORGES)

45 — *Méditation.*

> Dessin à la plume.
> Signé à gauche.

> Haut., 18 cent.; larg., 26 cent.

WORMS (JULES)

46 — *La Rencontre au cabaret.*

> Aquarelle signée à gauche.

> Haut., 25 cent.; larg., 37 cent.

ZO (ACHILLE)

47 — *La Sérénade.*

> Aquarelle signée à droite.

> Haut., 25 cent.; larg., 18 cent.

ZO (Achille)

48 — *Marins dans un port.*

Aquarelle signée à gauche.

Haut., 25 cent.; larg., 18 cent.

ÉCOLE ITALIENNE (xviie siècle)

49 — *Paysage avec cours d'eau traversé par un pont.*

Dessin à la plume et au lavis de bistre.

Haut., 23 cent.; larg., 29 cent.

TABLEAUX

BERGHEM (Attribué à Nicolas)

50 — *Le Passage du bac.*

Bois. Haut., 32 cent.; larg., 40 cent.
Cadre en bois sculpté.

DE MARNE (Attribué à Louis)

51 — *La Halte à l'auberge.*

Bois. Haut., 29 cent.; larg., 23 cent.
Cadre en bois sculpté.

RED. :

20

graphicom

BIBLIOTHEQUE NATIONALE DE FRANCE

****

CHATEAU DE SABLE

1996